Luigi Pirandello

La vita che ti diedi

Personaggi

Donn'Anna

Lucia Maubel

Francesca Noretti, *sua madre*

Fiorina Segni, sorella di Donn'Anna

Don Giorgio Mei, *parroco*

Lida *e* Flavio, *figli di Donna Fiorina*

Elisabetta, *vecchia nutrice*

Giovanni, *vecchio giardiniere*

Due fanti

Donne del contado

In una villa solitaria della campagna toscana. Oggi.

ATTO PRIMO

Stanza quasi nuda e fredda, di grigia pietra, nella villa solitaria di Donn'Anna Luna. Una panca, uno stipo, una tavola da scrivere, altri pochi arredi antichi da cui spira un senso di pace esiliata dal mondo. Anche la luce che entra da un'ampia finestra pare provenga da una lontanissima vita. Un uscio è in fondo e un altro nella parete di destra, molto più prossimo alla parete di fondo che al proscenio.

Al levarsi della tela, davanti all'uscio di destra che immette nella stanza dove si suppone giaccia moribondo il figlio di Donn'Anna Luna, si vedranno alcune donne del contado, parte inginocchiate e parte in piedi, ma curve in atteggiamento di preghiera, con le mani congiunte innanzi alla bocca. Le prime, quasi toccando terra con la fronte, reciteranno sommessamente le litanie per gli agonizzanti; le altre spieranno ansiose e sgomente il movimento del trapasso e a un certo punto faranno il segno a quelle d'interrompere la litania e, dopo un breve silenzio d'angoscia, s'inginocchieranno anch'esse e ora l'una ora l'altra faranno le invocazioni supreme per il defunto.

Le prime (*inginocchiate: alcune, invocando; le altre, sollecitando la preghiera*):

- Sancta Maria,

- Ora pro eo.

- Sancta Virgo Virginum,

- Ora pro eo.

- Mater Christi,

- Ora pro eo.

- Mater Divinae Gratiae,

- Ora pro eo.

- Mater purissima,

- Ora pro eo.

Le seconde (*in piedi, faranno a questo punto segno alle prime d'interrompere la litania: resteranno per un momento come sospese in un gesto d'angoscia e di sgomento; poi s'inginocchieranno anch'esse*).

Una: Santi di Dio, accorrete in suo soccorso.

Un'altra: Angeli del Signore, venite ad accogliere quest'anima.

Una terza: Gesù Cristo che l'ha chiamata la riceva.

Una quarta: E gli spiriti beati la conducano dal seno d'Abramo al Signore Onnipotente.

La prima: Signore, abbiate pietà di noi.

L'altra: Cristo, abbiate pietà di noi.

Una quinta: Datele il riposo eterno e fate risplendere su lei la vostra eterna luce.

Tutte: Riposi in pace.

Rimarranno ancora un poco inginocchiate a recitare in silenzio ciascuna una sua particolare preghiera e poi si alzeranno, segnandosi. Dalla camera mortuaria verranno fuori sbigottiti e pieni di compassione e stupore Donna Fiorina Segni e il parroco Don Giorgio Mei. La prima, modesta signora di campagna, sui cinquant'anni, porterà un po' goffamente sul vecchio corpo sformato dall'età gli abiti di nuova moda, pur discreti, di cui i figli che abitano in città desiderano che ella vada vestita. (Si sa i figli come sono, quando cominciano a pigliare animo sopra i genitori.) L'altro è un grasso e tardo parroco di campagna che, pur parlando a stento, avrà sempre da aggiungere qualche cosa a quanto gli altri dicono o che lui stesso ha detto; sebbene tante volte non sappia bene che cosa. Se però gli daranno tempo di parlare riposatamente a suo modo, dirà cose assennate e con garbo, perché infine amico delle buone letture è, e non sciocco.

Don Giorgio (*alle donne, piano*): Andate, andate pure, figliole, e - e recitate ancora una preghiera in suffragio dell'anima benedetta.

Le donne s'inchineranno prima a lui poi a Donna Fiorina e andranno via per l'uscio in fondo. I due resteranno in silenzio per un lungo tratto, l'una come smarrita nel cordoglio per la sorella e l'altro nell'incertezza tra una disapprovazione che vorrebbe fare e un conforto che non sa dare. Donna Fiorina non sosterrà più, a un certo punto, l'immagine che avrà davanti agli occhi della disperazione della sorella e si coprirà il volto con le mani e andrà a buttarsi rovescia sulla panca. Don Giorgio le si appresserà pian piano; la guarderà un poco senza dir nulla, tentennando il capo; poi alzerà le mani come chi si rimetta in Dio. Non abbiano, per carità, i comici timore del silenzio, perché il silenzio parla più delle parole in certi momenti, se essi lo sapranno far parlare. E stia Don Giorgio ancora un po' accanto alla donna buttata sulla panca, e infine dica, come aggiunta al suo pensiero:

E... e non s'è nemmeno inginocchiata...

Donna Fiorina (*sollevandosi dalla panca, senza scoprire la faccia*): Finirà di perdere la ragione!

Scoprendo la faccia e voltandosi a guardare Don Giorgio:

Ha visto con che occhi, con che voce ci ha imposto di lasciarla sola?

Don Giorgio: No, no. Troppo in lei, anzi, mi par forte la ragione e... e il mio timore allora è un altro, mia cara signora: che le mancherà pur troppo il divino conforto della fede, e -

Donna Fiorina (*alzandosi, smaniosa*): Ma che farà sola di là?

Don Giorgio (*cercando di calmarli*): Sola non è: ha voluto che rimanesse con lei Elisabetta. Lasci. Elisabetta è saggia, e -

Donna Fiorina (*brusca*): Se lei l'avesse udita questa notte!

S'interromperà, vedendo uscire dalla camera mortuaria la vecchia nutrice Elisabetta che si dirigerà verso l'uscio in fondo:

Elisabetta!

E non appena Elisabetta si volterà, le domanderà con ansia, più col gesto che con la voce:

Che fa?

Elisabetta (*con occhi da insensata e voce opaca senza gesti*): Niente. Lo guarda.

Donna Fiorina: E ancora non piange?

Elisabetta: No. Lo guarda.

Donna Fiorina (*smaniando*): Piangesse, Dio! almeno piangesse!

Elisabetta (*prima appressandosi, sempre con aria da insensata, poi guardando l'una e l'altro confiderà piano*): E dice sempre che è là!

Farà con la mano un gesto che significa «lontano».

Don Giorgio: Chi? Lui?

Elisabetta (*farà segno di sì col capo*).

Don Giorgio: Là, dove?

Elisabetta: Parla da sé, sottovoce, movendosi -

Donna Fiorina: - e non potere far nulla per lei! -

Elisabetta: - così sicura di quello che dice, che è uno spavento starla a sentire.

Donna Fiorina: Ma che altro dice? che altro dice?

Elisabetta: Dice: «È partito; ritornerà».

Donna Fiorina: Ritornerà?

Elisabetta: Così. Sicura.

Don Giorgio: Partito è, ma quanto a ritornare -

Elisabetta: - me l'ha letto negli occhi - e ha ripetuto più forte, fissandomi: «Ritomerà, ritomerà». - Perché quello che ha lì sotto gli occhi, dice che non è lui.

Don Giorgio (*sorpreso*): Non è lui?

Donna Fiorina: Diceva così anche stanotte!

Elisabetta: E vuole che sia portato via subito.

Donna Fiorina (*si coprirà di nuovo la faccia con le mani*).

Don Giorgio: In chiesa?

Elisabetta: Via, dice. E non vuole che si vesta.

Donna Fiorina (*scoprendo la faccia*): E come, allora?

Elisabetta: Appena le ho detto che bisogna vestirlo -

Don Giorgio: - già; prima che s'indurisca! -

Elisabetta: - ha fatto un gesto d'orrore. Vuole ch'io vada a preparare la lavanda. Lavato, avvolto in un lenzuolo, e via. - Così. - Vado a dar subito gli ordini e torno.

Andrà via per l'uscio in fondo.

Donna Fiorina: Impazzirà! impazzirà!

Don Giorgio: Mah. Veramente, vestire chi s'è spogliato di tutto... Non vorrà forse per questo.

Donna Fiorina: Sarà per questo; ma io - io mi confondo, ecco - a considerare com'è.

Don Giorgio: Fare diversamente dagli altri.

Donna Fiorina: - non perché voglia, creda!

Don Giorgio: - credo; ma - dico il dubbio, almeno - il dubbio che, a sviarsi così dagli altri, dagli usi, ci si possa smarrire, e... e senza neanche trovar più compagni al dolore nostro. Perché, capirà, un'altra madre può non intenderla codesta nudità della morte che lei vuole per il - suo figliuolo -

Donna Fiorina: - ma sì, neanch'io! -

Don Giorgio: - ecco, vede? - e... e giudicarla male, e...

Donna Fiorina: Sempre così è stata! Sembra che stia ad ascoltare ciò che gli altri le dicono; e tutt'a un tratto spunta fuori - come da lontano - con parole che nessuno s'aspetterebbe. Cose che - che sono vere - che quando le dice lei pare si possano toccare - a ripensarle, un momento dopo, stordiscono perché non verrebbero in mente a nessuno; e fanno quasi paura. Io temo proprio, le giuro che temo di sentirla parlare; non so più nemmeno guardarla. - Che occhi! che occhi!

Don Giorgio: Eh, povera madre!

Donna Fiorina: Vedersi sparire il figlio così, in due giorni!

Don Giorgio: L'unico figlio: tornato da così poco!

Il vecchio giardiniere Giovanni, a questo punto, apparirà sbigottito sulla soglia dell'uscio in fondo e si farà un po' avanti verso l'uscio a destra; starà un po' a guardare da lì il cadavere, con stupore angoscioso; si inginocchierà fin quasi a toccar terra con la fronte e rimarrà così un pezzo, mentre Donna Fiorina e Don Giorgio seguiteranno a parlare.

Donna Fiorina: Dopo averlo aspettato tanti anni, tanti anni: più di sette: le era partito giovinetto -

Don Giorgio: - ricordo: per i suoi studii d'ingegneria: a Liegi, mi pare -

Donna Fiorina (*lo guarderà e poi tentennando il capo in segno di disapprovazione*): - là, là, dove poi...

Don Giorgio (*con un sospiro*): So, so. Anzi, mi trattengo perché ho da dirle...

alluderà alla madre nell'altra stanza. Il vecchio giardiniere Giovanni si alzerà segnandosi e andrà via per l'uscio in fondo.

Donna Fiorina (*aspetterà che il vecchio giardiniere sia uscito, e subito, con ansia, domanderà, alludendo al figlio morto*): Le lasciò, confessandosi, qualche disposizione?

Don Giorgio (*grave*): Sì.

Donna Fiorina: Per quella donna?

Don Giorgio (*c. s.*): Sì.

Donna Fiorina: L'avesse sposata, quando la conobbe a Firenze, studente!

Don Giorgio: È una signora francese, è vero?

Donna Fiorina: Sì, ora. Ma di nascita, no: è italiana. Studiava anche lei a Firenze. Poi sposò un francese, un certo signor Maubel che se la portò prima a Liegi, appunto, poi a Nizza.

Don Giorgio: Ah, ecco. E lui la seguì?

Donna Fiorina: Che passione per questa povera madre! Non ritornare, in sette anni, neppure una volta, neppure per pochi giorni a rivederla! E alla fine, ecco: ritornare, per morirle così, in un momento. E non era finita, non era ancora finita la corrispondenza con quella donna. Già lei lo saprà: glie l'avrà confessato.

Lo guarderà e poi domanderà, titubante:

Ha forse disposto per i bambini?

Don Giorgio (*guardandola a sua volta*): No. Quali?

Donna Fiorina: Non sa che ella ha due figliuoli?

Don Giorgio: Ah, i bambini di lei - sì; me l'ha detto. E mi ha detto che sono stati la salvezza della madre e anche sua.

Donna Fiorina: La salvezza, ha detto?

Don Giorgio: Sì.

Donna Fiorina: Non sono, dunque... non sono di lui?

Don Giorgio (*subito*): Oh, no, signora! purtroppo non si può dir puro un amore adultero, anche se contenuto soltanto nel cuore e nella mente; ma è certo che... lui almeno m'ha detto che...

Donna Fiorina: Se glie l'ha detto in punto di morte - Dio mi perdoni: sua madre me l'aveva assicurato, più volte; le confesso che non ho saputo crederci. La passione era tanta che... sì, sospettai perfino che quei due bambini...

Don Giorgio: No, no.

Donna Fiorina (*stando in orecchi e facendo segno a Don Giorgio di tacere*): Oh Dio, sente? Parla... parla con lui!

S'appresserà piano all'uscio a destra e starà un po' in ascolto.

Don Giorgio: Lasci. È il dolore. Farnetica.

Donna Fiorina: No. È che le cose, come sono per noi, come noi le pensiamo - questa sventura - chi sa che senso avranno per lei!

Don Giorgio: Lei dovrebbe forzarla a lasciare almeno per qualche tempo questa solitudine qua.

Donna Fiorina: Impossibile! Non tento neppure.

Don Giorgio: Almeno condursela con sé nella sua villa qua accanto!

Donna Fiorina: Volesse! Ma non esce di qua da più di venti anni. Sempre a pensare, sempre a pensare. E a poco a poco s'è così... come alienata da tutto.

Don Giorgio: Eh, accogliere i pensieri che nascono dalla solitudine, è male, è male: vaporano dentro, nebbie di palude...

Donna Fiorina: L'ha ormai dentro di sé la solitudine. Basta guardarle gli occhi per comprendere che non le può più venir da fuori altra vita, una qualsiasi distrazione. S'è chiusa qua in questa villa dove il silenzio, - su, ad attraversare le grandi stanze deserte - fa paura, paura. Pare - non so - che il tempo vi sprofondi. Il rumore delle foglie, quando c'è vento! Ne provo un'angoscia che non le so dire, pensando a lei, qua, sola. Immagino che le debba portar via l'anima, quel vento. Prima però, quando il figlio era lontano, sapevo dove gliela portava; ma ora? ma ora?

Vedendo comparire la sorella sulla soglia dell'uscio a destra:

Ah! Dio, eccola!

Donn'Anna Luna, tutta bianca e come allucinata, avrà negli occhi una luce e sulle labbra una voce così «sue» che la faranno quasi religiosamente sola tra gli altri e le cose che la circondano. Sola e nuova. E questa sua «solitudine» e questa sua «novità» turberanno tanto più, in quanto si esprimeranno con una quasi divina semplicità, pur parlando ella come in un delirio lucido che sarà quasi l'alito tremulo del fuoco interiore che la divora e che si consuma così. S'avvierà all'uscio in fondo senza dir nulla: lì sulla soglia aspetterà un poco: poi, vedendo Elisabetta che ritorna insieme con due fanti che recheranno una conca d'acqua fumante infusa di balsami, dirà con lieve dolente impazienza:

Donn'Anna: Presto, presto, Elisabetta. E fai come ti ho detto io. Ma presto.

Le due fanti, senza fermarsi, attraverseranno da un uscio all'altro la scena.

Elisabetta (*scusandosi*): Ho dovuto dare anche gli altri ordini -

Donn'Anna (*per troncare le scuse*): - sì, sì -

Elisabetta (*seguitando*): - e poi bisognerà che venga ancora il medico a vedere; e dar tempo che -

Donn'Anna (*c.s.*): - sì, vai vai. - Oh guarda lì, -

indicherà per terra, presso Elisabetta

- una corona. Sarà caduta a una di quelle donne.

Elisabetta si chinerà a raccattarla, gliela porgerà e s'avvierà per l'uscio a destra. Prima che Elisabetta esca, ella tornerà a raccomandarle:

Come t'ho detto io, Elisabetta.

Elisabetta: Sì, padrona. Non dubiti.

Via.

Donn'Anna (*guardando l'umile corona*): Pregare - inginocchiare il proprio dolore... - Tenga, Don Giorgio.

Gli porgerà la corona.

Per me è più difficile. In piedi. Seguirlo qua, attimo per attimo. A un certo punto, quasi manca il respiro; ci s'accascia e si prega: - «Ah, mio Dio, non resisto più: fammi piegare i ginocchi! » - Non vuole. Ci vuole in piedi; vivi, attimo per attimo: qua, qua; senza mai riposo.

Don Giorgio: Ma la vera vita è di là, signora mia!

Donn'Anna: Io so che Dio non può morire in ogni sua creatura che muore. Lei non può neanche dire che la mia creatura è morta: lei mi dice che Dio se l'è ripresa con sé.

Don Giorgio: Ecco, sì! Appunto!

Donn'Anna (*con strazio*): Ma io sono qua ancora, don Giorgio!

Don Giorgio (*subito, a confortarla*): Sì, povera signora mia.

Donna Fiorina: Povera Anna mia, sì.

Donn'Anna: E non sentite che Dio per noi non è di là, finché vuol durare qua, in me, in noi; non per noi soltanto ma anche perché seguitino a vivere tutti quelli che se ne sono andati?

Don Giorgio: A vivere nel nostro ricordo, sì.

Donn'Anna (*lo guarderà come ferita dalla parola «ricordo» e volterà pian piano la testa quasi per non vedere la sua ferita; andrà a sedere e dirà a se stessa dolente ma con fredda voce*): Non posso più né parlare, né sentire parlare.

Donna Fiorina: Perché, Anna?

Donn'Anna: Le parole - come le sento proferire dagli altri!

Don Giorgio: Io ho detto «ricordo».

Donn'Anna: Sì, don Giorgio; ma è come una morte per me. Se non ho mai, mai vissuto d'altro? Se non ho altra vita che questa - l'unica che possa toccare: precisa, presente - lei mi dice «ricordo», e subito me l'allontana, me la fa mancare.

Don Giorgio: Come dovrei dire allora?

Donn'Anna: Che Dio vuole che mi viva ancora, mio figlio! - Così. - Non certo più di quella vita che Egli volle dare a lui qua; ma di quella che gli ho data io, sì, sempre! Questa non gli può finire finché la vita duri a me. - O che non è vero che così si può vivere eterni anche qua, quando con le opere ce ne rendiamo degni? - Eterno; mio figlio, no; ma qua con me, di questo giorno che gli è rimasto a mezzo, e di domani, finché vivo io, mio figlio deve vivere, deve vivere, con tutte le cose della vita, qua, con tutta la mia vita, che è sua, e non gliela può levare nessuno!

Don Giorgio (*pietosamente, per richiamarla da tanta superbia, come a lui pare, alla ragione, accennerà a Dio, levando una mano*).

Donn'Anna (*subito, intendendo il gesto*): No. Dio? Dio non leva la vita!

Don Giorgio: Ma io dico quella che fu la sua qua.

Donn'Anna: Perché sapete che c'è di là un povero corpo che non vi vede e non vi sente più! E allora, basta, è vero? È finito. Sì, vestirlo ancora d'uno dei suoi abiti portati di Francia, anche se non serva a ripararlo dal gelo che ha in sé e non gli viene più da fuori.

Don Giorgio: Ma è pure un rito, signora mia -

Donn'Anna: - sì, recitare le preghiere, accendere i ceri... - E fate, sì; ma presto! - Io voglio quella sua stanza là com'era, che stia là viva, viva della vita che io le do, ad attendere il suo ritorno, con tutte le cose com'egli me l'affidò prima che partisse. - Ma lo sa che mio figlio, quello che mi partì, non m'è più ritornato? -

Cogliendo uno sguardo di Don Giorgio alla sorella:

Non guardi Fiorina. Anche i suoi figli! Le sono partiti l'anno scorso per la città, Flavio e Lida. Crede che essi ritorneranno?

Donna Fiorina nel sentirle dire così, si metterà a piangere sommessamente.

No, non piangere! Piansi tanto anch'io - allora sì - per quella sua partenza! Senza sapere! Come te che piangi e non ne sai, non ne sai ancora la ragione!

Donna Fiorina: No, no; io piango per te, Anna!

Donn'Anna: E non intendi che si dovrebbe piangere sempre, allora? - Oh Fiorina,

le prenderà la testa fra le mani e la guarderà negli occhi amorosamente:

tu, questa? con questa fronte? con questi occhi? Ma ci pensi? Come ti sei ridotta così da quella che eri? Ti vedo viva com'eri, un fiore veramente; e vuoi che non mi sembri un sogno vederti ora così? E a te, di' la verità, se ci pensi, la tua immagine d'allora -

Donna Fiorina: - eh sì, un sogno, Anna.

Donn'Anna: Ecco, vedi com'è? Tutto così. Un sogno. E il corpo, se così sotto le mani ti cangia ti cangia - le tue immagini - questa, quella - che sono? Memorie di sogni. Ecco: questa, quella. Tutto.

Donna Fiorina: Memorie di sogni, sì.

Donn'Anna: E allora basta che sia viva la memoria, io dico, e il sogno è vita, ecco! Mio figlio com'io lo vedo: vivo! vivo! - Non quello che è di là. Cercate d'intendermi!

Donna Fiorina (*quasi tra sé*): Ma è pure quello di là!

Don Giorgio: Dio volesse che fosse un sogno!

Donn'Anna (*senza più impazienza, dopo essere stata per un momento assorta in sé*): Sette anni ci vogliono - lo so - sette anni di stare a pensare al figlio che non ritorna, e aver sofferto quello che ho sofferto io, per intenderla questa verità che oltrepassa ogni dolore e si fa qua, qua come una luce che non si può più spegnere -

si stringerà con ambo le mani le tempie

- e dà questa terribile fredda febbre che inaridisce gli occhi e anche il suono della voce: chiara e crudele. (Io quasi mi volto, a sentirmi parlare, come se parlasse un'altra.)

Donna Fiorina: Tu dovresti riposarti un poco, Anna mia.

Donn'Anna: Non posso. Mi vuole viva. - Ma guardi, don Giorgio, guardi se non è tutto vero cosí come io le dico. Mio figlio, voi credete che mi sia morto ora, è vero? Non mi è morto ora. Io piansi invece, di nascosto, tutte le mie lagrime quando me lo vidi arrivare: - (e per questo ora non ne ho più!) quando mi vidi ritornare un altro che non aveva nulla, più nulla di mio figlio.

Don Giorgio: Ah, ecco - sì, cambiato - certo! Eh, l'ha detto lei stessa, dianzi, di sua sorella. Ma si sa che la vita ci cambia, e...

Donn'Anna: - e ci pare che possiamo confortarci dicendo così: «cambiato». E cambiato, non vuol dire un altro, da quello che era? Io non lo potei riconoscere più come il figlio che m'era partito. - Lo spiavo, se almeno un volger d'occhi, un cenno di sorriso a fior di labbro, che so... un subito schiarirsi della fronte, di quella sua bella fronte di giovinetto con tanti capelli fini - oh, d'oro nel sole! - mi avesse richiamato vivo, almeno per un momento, in questo che m'era ritornato, il mio figlio d'allora. No, no. Altri occhi: freddi. E una fronte sempre opaca, stretta qua alle tempie. E quasi calvo, quasi calvo. Ecco, com'è là.

Accennerà alla camera mortuaria.

Ma deve ammettermi che io lo so, mio figlio come era. Una madre guarda il figlio e lo sa com'è: Dio mio, l'ha fatto lei! - Ebbene, la vita può agire così crudelmente verso una madre: le strappa il figlio e glielo cambia. - Un altro; e io non lo sapevo. Morto; e io seguitavo a farlo vivere in me.

Don Giorgio: Ma per lei dunque, signora; per come era per lei. Non morto per sé, se egli fino a poco fa viveva -

Donn'Anna: - la sua vita, sì; ah, la sua vita sì, e quella che egli dava a noi, a me! Ben poco ormai, quasi più niente a me. Era tutto là, sempre!

Indicherà lontano.

Ma capisce che cosa orribile m'è toccato patire? Mio figlio - quello che è per me, nella mia memoria, vivo - era rimasto là, presso quella donna; e qua, per me, era tornato questo che - che non potei più sapere neppure come mi vedesse, con quegli occhi cambiati - che non mi poteva dar più niente - che se pur con la mano qualche volta mi toccava, certo non mi sentiva più come prima. - E che posso saperne io, della sua vita, com'era adesso per lui? delle cose, com'egli le vedeva; e quando le toccava, come le sentiva? - Ecco, vede? è così: quello che ci manca, ora, è solo quello che non sappiamo, che non possiamo sapere: la vita com'egli la dava a sé e a noi. Questa sì. Ma allora, Dio mio, si dovrebbe anche intendere che la vera ragione per cui si piange anche davanti alla morte è un'altra da quella che si crede.

Don Giorgio: Si piange quello che ci viene a mancare.

Donn'Anna: Ecco! La nostra vita in chi muore: quello che non sappiamo!

Don Giorgio: Ma no, signora -

12

Donn'Anna: - Sì, sì: per noi piangiamo; perché chi muore non può più dare - lui, lui - nessuna vita a noi, con quei suoi occhi spenti che non ci vedono più, con quelle sue mani fredde e dure che non ci possono più toccare. E che vuole ch'io pianga, allora, se è per me! - Quando era lontano, io dicevo: «Se in questo momento mi pensa, io sono viva per lui». - E questo mi sosteneva, mi confortava nella mia solitudine. - Come debbo dire io ora? Debbo dire che io, io, non sono più viva per lui, poiché egli non mi può più pensare!. - E voi invece volete dire che egli non è più vivo per me. Ma sì che egli è vivo per me, vivo di tutta la vita che io gli ho sempre data: la mia, la mia; non la sua che io non so! Se l'era vissuta lui, la sua, lontano da me, senza che io ne sapessi più nulla. E come per sette anni gliel'ho data senza che lui ci fosse più, non posso forse seguitare a dargliela ancora, allo stesso modo? Che è morto di lui, che non fosse già morto per me? Mi sono accorta bene che la vita non dipende da un corpo che ci sia o non ci sia davanti agli occhi. Può esserci un corpo, starci davanti agli occhi, ed esser morto per quella vita che noi gli davamo. - Quei suoi occhi che si dilatavano di tanto in tanto come per un brio di luce improvviso che glieli faceva ridere limpidi e felici, egli li aveva perduti nella sua vita; ma in me, no: li ha sempre, quegli occhi, e gli ridono subito, limpidi e felici, se io lo chiamo e si volta, vivo! - Vuol dire che io ora non debbo più permettere che s'allontani da me, dov'ha la sua vita; e che altra vita si frapponga tra lui e me: questo sì! - Avrà la mia qua, nei miei occhi che lo vedono, sulle mie labbra che gli parlano; e posso anche fargliela vivere là, dove lui la vuole: non m'importa! senza darne più niente, più niente a me, se non me ne vuol dare: tutta, tutta per lui là, la mia vita: se la vivrà lui, e io starò qua ancora ad aspettarne il ritorno, se mai riuscirà a distaccarsi da quella sua disperata passione.

A Don Giorgio:

Lei lo sa.

Don Giorgio: Sì, me ne parlò.

Donn'Anna: L'ho supposto, don Giorgio.

Don Giorgio: E mi disse come voleva che le fosse annunziata la sua morte.

Donn'Anna (*come se il figlio parlasse per la sua bocca*): Che l'amore di lui non le mancò mai, fino all'ultimo momento.

Don Giorgio: Sì. Ma facendoglielo sapere con tutte le debite cautele, scrivendone alla madre di lei, là.

Donn'Anna (*c. s.*): Che non le mancherà mai, mai quest'amore!

Don Giorgio (*stordito*): Come?

Donn'Anna (*con la massima naturalezza*): Se ella saprà tenerselo vivo nel cuore, aspettandone di qua il ritorno, com'io lo aspetto di là. - Se ella lo ama, m'intenderà. E il loro amore, per fortuna, era tale che non aveva bisogno per vivere della presenza del corpo. Si sono amati così. Possono, possono seguitare ad amarsi ancora.

Donna Fiorina (*costernata*): Ma che dici, Anna?

Donn'Anna: Che possono! Nel cuore di lei. Se ella saprà dargli ancora vita col suo amore, come certo in questo momento gliela dà, se lo pensa qua vivo com'io lo penso vivo là.

Don Giorgio: Ma crede, signora mia, che si possa, così, passar sopra la morte?

Donn'Anna: No, è vero? «Così» non si deve! La vita, sì, ha messo sempre sui morti una pietra, per passarci sopra. Ma dev'essere la nostra vita, non quella di chi muore. I morti li vogliamo proprio morti, per poterla vivere in pace la nostra vita. E così va bene passar sopra la morte!

Don Giorgio: Ma no. Altro è dimenticare i morti, signora (che non si deve), altro pensarli vivi come lei dice

Donna Fiorina: - aspettarne il ritorno -

Don Giorgio: - che non può più avvenire!

Donn'Anna: E allora pensarlo morto, è vero? com'è là!

Don Giorgio: - purtroppo! -

Donn'Anna: - ed esser certi che non può più ritornare! Piangere molto, molto; e poi quietarsi a poco a poco -

Donna Fiorina: - consolarsi in qualche modo!

Donn'Anna: E poi, come da lontano, ogni tanto, ricordarsi di lui: - «Era così» - «Diceva questo» - Va bene?

Donna Fiorina: Come tutti hanno sempre fatto, Anna mia!

Donn'Anna: Insomma, ecco, farlo morire, farlo morire anche in noi; non così d'un tratto com'è morto lui là, ma a poco a poco; dimenticandolo; negandogli quella vita che prima gli davamo, perché egli non può più darne nessuna a noi. Si fa così? - Tanto e tanto. Più niente tu a me; più niente io a te. - O al più, considerando che se non me ne dài più è perché proprio non me ne puoi più dare, non avendone più neanche un poco, neanche una briciola per te; ecco, di quella che potrà avanzarne a me, di tanto in tanto, io te ne darò ancora un pochino, ricordandoti - così, da lontano. Ah, da lontano lontano, badiamo! per modo che non ti possa più avvenire di ritornare. Dio sa, altrimenti, che spavento! - Questa è la perfetta morte. E la vita, quale anche una madre, se vuol esser saggia, deve seguitare a viverla, quando il figlio le sia morto.

Si ripresenterà a questo punto sulla soglia dell'uscio in fondo Giovanni, il vecchio giardiniere, sbigottito, con una lettera in mano. Vedendo Donn'Anna, si tratterrà d'entrare e farà cenno a Donna Fiorina della lettera, badando di non farsi scorgere. Ma Donn'Anna, vedendo voltare la sorella e Don Giorgio, si volterà anche lei e, notando lo sbigottimento del vecchio, gli domanderà:

Donn'Anna: Giovanni - che cos'è?

Giovanni (*nascondendo la lettera*): Niente. Volevo... volevo dire alla signora...

Don Giorgio (*che avrà scorto la lettera nelle mani del vecchio, domanderà con ansia costernata*): Che sia la lettera ch'egli aspettava?

Donn'Anna (*a Giovanni*): Hai una lettera?

Giovanni (*titubante*): Sì, ma -

Donn'Anna: Da' qua. So che è per lui!

Il vecchio giardiniere porgerà la lettera a Donn'Anna e andrà via.

Don Giorgio: La aspettava con tanta ansia -

Donn'Anna: - sì, da due giorni! - Ne parlò anche a lei? -

Don Giorgio: Sì, per dirmi che lei doveva aprirla, appena fosse arrivata.

Donn'Anna: Aprirla? io?

Don Giorgio: Sì, per scongiurare a tempo, se mai, un pericolo che lo tenne fino all'ultimo angosciato -

Donn'Anna: - ah sì, lo so! lo so! -

Don Giorgio: - ch'ella commettesse la follia -

Donn'Anna: - di venire a raggiungerlo qua - lo so! - Se l'aspettava! S'aspettava ch'ella abbandonasse là i figli, il marito, la madre!

Don Giorgio: E a scongiurare questa follia mi disse, anzi, che aveva già cominciato una lettera -

Donn'Anna: - per lei?

Don Giorgio: Sì.

Donn'Anna: Allora è là!

Indicherà la tavola da scrivere.

Don Giorgio: Forse. Ma da distruggere ormai, per seguire invece l'altro suo suggerimento, di scrivere alla madre di lei. Ma veda, veda prima che cosa ella gli scrive.

Donn'Anna (*aprirà con mani convulse la lettera*): Sì, sì!

Don Giorgio: M'ero trattenuto per lasciarle detto questo; e la lettera è arrivata.

Donn'Anna (*traendola fuori dalla busta*): Eccola, eccola.

Donna Fiorina: A lui che non c'è più!

Donn'Anna: No! È qua! è qua!

E si metterà a leggere la lettera con gli occhi soltanto, esprimendo durante la lettura, con gli atteggiamenti del volto, e il tremore delle mani, e le esclamazioni che a mano a mano le scatteranno dal cuore, la gioja di sentir vivere il figlio nella passione dell'amante lontana:

Sì - sì. - gli dice che vuol venire - che viene, che viene!

Don Giorgio: Bisognerà allora impedirlo -

Donna Fiorina: - subito!

Donn'Anna (*seguitando a leggere senza prestare ascolto*): Non resiste più! Finché lo aveva là con lei... -

Poi con scatto improvviso di tenerezza:

Come gli scrive! come gli scrive! -

Seguiterà a leggere, e poi con un altro scatto che sarà grido e riso insieme, quasi lucente di lagrime:

Sì? sì? E allora anche tu potrai!

Poi dolente:

Eh, ma se ne dispera!

E ancora, seguitando a leggere:

Questo tormento, sì -

Breve sospensione: seguiterà a leggere ancora un tratto, poi esclamerà:

Sì, tanto, tanto amore! -

Con altra espressione, poco dopo:

Ah! ah no, no!

Poi, come rispondendo alla lettera:

Ma anche lui, anche lui, qua, sì, sempre per te!

Con uno scatto di gioja:

Lo vede: lo vede! -

Poi, turbandosi improvvisamente:

Ah Dio - ma ne è disperata, disperata. - No! ah no!

Troncando la lettura e rivolgendosi a Don Giorgio e alla sorella:

Non è possibile, non è possibile farle sapere in questo momento ch'egli non le può più dare il conforto del suo amore, della sua vita!

Don Giorgio: Suggerì lui stesso per questo -

Donna Fiorina: - di non farglielo sapere direttamente!

Don Giorgio: Penserà la madre a -

Donn'Anna: Impossibile! Ne impazzirebbe o ne morrebbe! - No! No!

Donna Fiorina: Ma pure, per forza, Anna, bisognerà -

Donn'Anna: Ma che! Se sentissi com'egli è vivo, vivo qua, in questa disperazione di lei! - Come gli parla, come gli grida il suo amore! - Minaccia d'uccidersi! - Guai se non fosse così vivo per lei in questo momento!

Donna Fiorina: Ma come, Anna mia? come?

Donn'Anna: C'è lì la sua lettera cominciata!

Andrà alla tavola da scrivere; aprirà la cartella che vi sta sopra, ne trarrà la lettera del figlio:

Eccola!

Don Giorgio: E che vorrebbe farne, signora?

Donn'Anna: Avrà trovato lui le parole, qua vive, per riconfortarla, per trattenerla, per distoglierla da questo proposito disperato di venire!

Don Giorgio: E vorrebbe mandarle codesta lettera?

Donn'Anna: Gliela manderò!

Don Giorgio: No, signora!

Donna Fiorina: Pensa a quello che fai, Anna!

Donn'Anna: Vi dico che la sua vita bisogna ancora a lei! - Volete ch'io gliela uccida in questo momento, uccidendo anche lei?

Donna Fiorina: Ma scriverai alla madre nello stesso tempo?

Donn'Anna: Scriverò anche alla madre per scongiurarla che gliela lasci vivo! Lasciatemi, lasciatemi!

Don Giorgio: La lettera non è nemmeno finita!

Donn'Anna: Io la finirò! Aveva la mia stessa mano. Scriveva come me! - La finirò io!

Donna Fiorina: No, Anna!

Don Giorgio: Non lo faccia, signora!

Donn'Anna: Lasciatemi sola! - Ha ancora questa mano per scriverle, e le scriverà! le scriverà!

Tela

ATTO SECONDO

La stessa scena del primo atto, verso sera; pochi giorni dopo. Accanto alla finestra, nella parete di sinistra, si vedrà da una parte e dall'altra un vaso da giardino con pianta d'alto fusto vivacemente fiorita. Un terzo vaso consimile, al levarsi della tela, avrà tra le mani Giovanni sulla soglia dell'uscio in fondo, presso la quale si vedranno anche Donn'Anna e sua sorella Donna Fiorina.

Donn'Anna (*a Giovanni, indicandogli il posto per il vaso: lì accanto all'uscio, a destra*): Qua, Giovanni; posalo qua.

Giovanni lo poserà.

Così. E ora via per l'ultimo, che collocherai dall'altra parte. - Se ti pesa, fatti ajutare.

Giovanni: No, padrona.

Donn'Anna: So, so che non ti pesa, vecchio mio. Vai, vai.

E come Giovanni andrà via, voltando alla sua destra, lei dirà a Fiorina, odorando la pianta:

Senti che buon odore, Fiorina?

E poi, indicando le altre piante presso la finestra:

E come sono belle, qua vive!

Donna Fiorina: Ma tu ti rendi più difficile il còmpito, così, Anna, ci pensi?

Donn'Anna: Follia per follia; lasciami fare! Non ne commettemmo mai nessuna, né io né tu, per noi, nella nostra gioventù!

Donna Fiorina: Ma sei responsabile tu, ora, della sua!

Donn'Anna: No. In tutti i modi, in tutti i modi egli la scongiurò di non commetterla. È voluta venire! L'aveva in mente! Non avrei più fatto a tempo a impedirglielo, scrivendo! È partita!

Donna Fiorina: Ma se tu già avessi scritto alla madre!

Donn'Anna: Non ho potuto! Mi ci son provata, tre giorni, e non ho potuto; per la paura che ancora ho.

Donna Fiorina: Di che?

Donn'Anna: Che possa non essere per lei com'è per me! che «sapendolo», il suo amore debba finire!

Donna Fiorina: Ma dovresti augurartelo, augurarglielo!

Donn'Anna: Non me lo dire, Fiorina! - Gli ha scritto un'altra lettera, sai?

Donna Fiorina: Un'altra lettera?

Donn'Anna (*con occhi accesi di cupa gioia vorace*): L'ho letta per lui!

E subito a prevenire:

Ma era più amara della prima!

Donna Fiorina: Dio mio, Anna, tu mi spaventi!

Donn'Anna: Una mamma che si spaventa, come se non avesse tenuto vivi in grembo i suoi due figli e non li avesse nutriti di sé, con quella bella fame per due! - O che ti spaventavi allora? - Io ora mangio la vita per lui! - Se lo chiamo, che fai? torni a spaventarti?

Donna Fiorina (*s'otturerà le orecchie come se la sorella stesse per gridare il nome del figlio*): No, Anna mia! no! no!

Donn'Anna: Temi che possa castigare il tuo spavento, comparendoti per burla di là?

Indicherà la camera del figlio.

Io non ho bisogno di credere alle ombre. So che vive per me. Non sono pazza.

Donna Fiorina: Lo so! E intanto fai, come se fossi!

Donn'Anna: Che ne sai tu come faccio? delle ore che passo? Quando, su, abbandono la testa sui guanciali, e lo sento, lo sento anch'io il silenzio e il vuoto di queste stanze, e non mi basta più nessun ricordo per animarlo e riempirlo, perché sono stanca. «So» anch'io, allora! «so» anch'io! e mi invade un raccapriccio spaventoso! L'unico rifugio, l'ultimo conforto allora è in lei, in questa che viene e che ancora non «sa». - Me le rianima e me le riempie lei subito, queste stanze; mi metto tutta negli occhi e nel cuore di lei per vederlo ancora qua, per sentirlo ancora qua, vivo; poiché da me non posso più!

Donna Fiorina: Ma ora che lei viene -

Donn'Anna: Tu vuoi farmi pensare prima del tempo a ciò che avverrà! Sei crudele! Non vedi come smanio? Mi par di respirare come chi abbia i minuti contati e tu mi vuoi levare quest'ultimo minuto di respiro!

Donna Fiorina: Ma perché considero che con questo viaggio lei rischia di compromettersi; ora che tutto è finito.

Donn'Anna: No. Gliel'ha scritto. Approfitta d'una assenza del marito, andato da Nizza a Parigi per affari.

Donna Fiorina: E se il marito ritornasse all'improvviso e non la trovasse?

Donn'Anna: Avrà lasciato alla madre qualche scusa da dare al marito, di questa sua corsa qua di pochi giorni. La madre ha ancora le sue terre a Cortona.

Donna Fiorina: Ma com'ha potuto pensare, io dico, di venire a trovarlo qua, sotto i tuoi occhi?

Donn'Anna: Qua? Ma che dici? Qua la condurrò io. Lei gli ha scritto di trovarsi ad aspettarla alla stazione.

Donna Fiorina: E ci troverà te, invece? E come le dirai?

Donn'Anna: Le dirò... le dirò, prima, di venire con me. - Non le potrò mica dare la notizia lì alla stazione, davanti a tutti.

Donna Fiorina: Ma come resterà lei, alla tua presenza? Che penserà, non trovando lui?

Donn'Anna: Penserà che non c'è, perché è partito. E che ha mandato me per farglielo sapere. - Ecco: dapprima, le dirò così... - o in qualche altro modo.

Donna Fiorina: Ma poi qua, almeno, le dirai tutto? tutto?

Donn'Anna: Dopo che la avrò persuasa a seguirmi, sì.

Donna Fiorina: E perché allora prepari queste piante?

Donn'Anna: Perché ancora lei non lo saprà, arrivando! È lui! è lui! Non sono io! - Per carità non farmi parlare! - Lei arriva, e ci vogliono queste piante!

Vedendo rientrare Giovanni con l'altro vaso

Là, Giovanni, come t'ho detto.

Giovanni (*dopo aver posato il vaso*): Questa è la più bella di tutte.

Donn'Anna: Abbiamo scelte le più belle, sì. E ora di', di' che tengano pronta la vettura.

Giovanni: È già pronta, signora. In dieci minuti lei sarà alla stazione.

Donn'Anna: Bene bene. Puoi andare.

Giovanni riandrà via per l'uscio in fondo. Donn'Anna in preda come sarà alla sua crescente impazienza, si farà presso l'uscio a destra a chiamare:

Elisabetta! Non hai ancora finito di preparare?

Donna Fiorina: Ma come? Lì, Anna?

Donn'Anna: No! Non per lei. Per lei ho già fatto preparare su.

E chiamerà più forte, appressandosi all'uscio:

Elisabetta! E perché hai aperto la finestra?

Entrerà Elisabetta di corsa annunciando fin dall'interno:

Elisabetta: I signorini! i signorini!

A Donna Fiorina:

Sono arrivati i suoi figli, signora!

Donna Fiorina (*sorpresa, esultante*): Lida? Flavio?

Elisabetta: Li ho sentiti gridare nel giardino! Sissignora! Vengono su di corsa!

Donn'Anna: I tuoi figli...

Donna Fiorina: Ma come? Un giorno prima? Dovevano arrivare domani!

Si udrà gridare dall'interno: «Mamma! Mamma!».

Elisabetta: Eccoli! Eccoli!

Irrompono nella stanza Lida, sui diciotto anni, e Flavio, sui venti. Partiti lo scorso anno dalla campagna per i loro studi in città, saranno diventati altri, pure in così poco tempo, da quelli che erano prima che fossero partiti; altri non solo nel modo di pensare e di sentire, ma anche nel corpo, nel suono della voce, nel modo di gestire, di muoversi, di guardare, di sorridere. Essi naturalmente, non lo sapranno. Se ne accorgerà subito la madre, dopo le prime impetuose effusioni d'affetto, e ne resterà sbigottita, per il tragico senso che all'improvviso assumerà ai suoi occhi l'evidenza della prova di quanto la sorella le ha rivelato.

Lida (*accorrendo alla madre e buttandole le braccia al collo*): Mammina! Mammina mia bella!

La bacerà.

Donna Fiorina: Lida mia!

La bacerà.

Ma come? - Flavio! Flavio!

Gli tenderà le braccia.

Flavio (*abbracciandola*): Mammina!

La bacerà.

Donna Fiorina: Ma come? - Oh Dio, ma come? Voi? Così?

Lida: Siamo riusciti a partire oggi, vedi?

Flavio: A precipizio! Sbrigando tutto in due ore!

Lida: Ora se ne vanta! Non voleva -

Flavio: Sfido! Corri di qua! scappa di là! Dalla sarta, dalla modista - Chypre Coty - calze di seta! (che te ne farai poi qua in campagna, non lo so!)

Lida: Vedrai, vedrai, mammina, quante cose belle ho portato, anche per te!

Donna Fiorina (*che avrà cercato di sorridere, ascoltandoli; ma che pure, avendo notato subito il loro cambiamento, si sarà sentita come raggelare; ora dirà, con gli occhi rivolti alla sorella che si sarà tratta un po' in disparte nell'ombra che comincerà a invadere la stanza*): Sì... sì, - ma Dio mio... - io non so... - come parlate?

Subito, allora, a Lida e a Flavio, seguendo lo sguardo della madre, sovverrà d'essere in casa della zia: penseranno alla sciagura recente di cui nel primo impeto non si saranno più ricordati e, attribuendo a questa loro dimenticanza lo sbigottimento della madre, si turberanno e si volgeranno confusi e mortificati alla zia.

Flavio: Ah, la zia - già! -

Lida: Scusaci, zia! Entrando a precipizio -

Flavio: Non vedevamo la mamma da un anno

Lida: Il povero Fulvio

Flavio: - ne abbiamo avuta tanta pena -

Lida: - per te, zia!

Flavio: Contavo di trovarlo qua; di passare con lui le vacanze -

Lida: E io di conoscerlo, perché -

Flavio: - ma dovresti ricordartene! -

Lida: - avevo appena nove anni, quando partì -

Flavio: Povera zia!

Lida: Scusaci! E anche tu, mamma!

Donn'Anna: No, Flavio; no, Lida. Non è per me; è per voi.

Lida (*non comprendendo*): Che cosa, per noi?

Donn'Anna: Niente, cari!

Li guarderà un poco, poi li bacerà sulla fronte, prima l'una poi l'altro.

Ben tornati.

S'accosterà alla sorella e le dirà piano con un sorriso per confortarla:

Pensa che almeno, ora, sono più belli. - È bene che io me ne vada.

Andrà per l'uscio in fondo. Gli altri resteranno per un momento in silenzio, come sospesi. L'ombra seguiterà intanto a invadere gradatamente la stanza.

Flavio: Non abbiamo pensato, entrando -

Lida: Ma che ha voluto dire, «che è per noi»?

Donna Fiorina (*insorgendo come contro un incubo*): Niente, niente, figli miei! Non è vero! no! no! - Lasciatevi vedere!

Elisabetta: Come si sono fatti!

Donna Fiorina (*c. s.*): Più belli! più belli!

Elisabetta (*ammirando Lida*): Altro che! Una signorina di già! Sembra un'altra!

Donna Fiorina (*con impeto, come a ripararla, riprendendosela*): No, sono gli stessi! Lida mia! Lida mia!

E subito volgendosi all'altro:

Il mio Flavio!

Flavio (*riabbracciandola*): Mammina! Ma che hai?

Donna Fiorina: Qua, qua! Lasciatevi vedere bene!

Prenderà fra le mani il viso di Lida.

Non star più a pensare! guardami!

Lida: Ma com'è morto, mamma? Proprio per -

Flavio: - per quella donna?

Donna Fiorina (*in fretta, urtata*): No! D'un male che gli è sopravvenuto, all'improvviso. - Ve ne parlerò poi. - Ora ditemi, ditemi di voi, piuttosto!

Flavio (*a Lida*): Vedi se è vero? Le tue solite romanticherie, te l'ho detto! Se aveva potuto staccarsene, è segno che tutta questa gran passione, da morirne -

Donna Fiorina: Ma no, che dite?

Flavio: Non fa che leggere romanzi, te n'avverto!

Donna Fiorina: Tu, Liduccia?

Lida: Non ci credere, mammina: non è vero!

Flavio: Se n'è portati una ventina anche qua, figùrati!

Lida: Mi fai il piacere di non immischiarti negli affari miei?

Donna Fiorina: Ma come! Litigate così tra voi?

Lida: È insoffribile! Non ci badare, mammina!

Flavio: Da quale eroina t'è venuto lo «Chypre» si può sapere?

23

Donna Fiorina (*tra sé, angustiata*): Lo «Chypre» - che sarà?

Lida: Me l'ha suggerito un'amica mia!

Flavio: La Rosi?

Lida: Ma che Rosi!

Flavio: La Franchi?

Lida: Ma che. Franchi!

Flavio: Ne cambia una al giorno! Bandieruola!

Elisabetta: Partiti come due pastorelli dalla campagna, Signore Iddio, ora pajono due milordini!

Donna Fiorina (*tentando ancora di reagire*): Ma certo! La città... Sono cresciuti, e...

A Lida:

Mi dite che cos'è codesto «Chypre»?

Flavio: Un profumo, mammina: novanta lire la fialetta!

Donna Fiorina: Profumi, una ragazza!

Lida: Mammina, ho diciott'anni!

Flavio: Tre fialette: duecento settanta lire!

Lida: Hai speso per te, di cravatte, di colletti, di guanti, non so quanto, e hai il coraggio di rinfacciare a me le tre fialette di «Chypre»?

Donna Fiorina: Zitti, per carità, non posso sentirvi fare codesti discorsi!

A Lida, carezzevole:

Ti pettini ora così, - come una grande -

Elisabetta: Partì con la treccina sulle spalle!

Donna Fiorina (*senza dare ascolto a Elisabetta*): Eh già! Sei più alta di me.

Poi, come smarrita:

Come ti sto sembrando io?

Lida: Bene, mammina! Tanto bene!

Donna Fiorina: E allora perché mi guardi così?

Lida: Come ti guardo?

Donna Fiorina: Non so... E tu, Flavio...

Flavio: Ma sai che sei davvero strana, mammina?

Riderà, guardandola.

Donna Fiorina: No, non ridere così, ti prego!

Flavio: Eh, lo so che qua non dovrei ridere; ma parli, ci guardi in un modo così curioso -

Donna Fiorina: Io?

Smaniosamente:

S'è fatto bujo qua: vi cerco con gli occhi, perché quasi non vi vedo più.

L'ombra, difatti, si sarà addensata; e in essa a mano a mano si sarà avvivato sempre più il riverbero del lume acceso nella stanza del figlio morto.

Elisabetta: Aspetti. Accenderò.

Donna Fiorina: No. Andiamo via; andiamo via, ragazzi! Andiamocene di qui; è tardi!

Lida (*nel voltarsi, notando quel riverbero*): Oh, c'è lume in quella stanza. Chi c'è?

Donna Fiorina: Se sapeste!

Flavio (*piano, restando*): È morto là?

Elisabetta (cupa, dopo un silenzio): Qua è, ormai, come se non avessimo più vita noi; e l'avesse lui solo.

Flavio: Gli tiene il lume acceso?

Lida (*che si sarà timorosamente appressata a guardare*): E la camera intatta?

Donna Fiorina: Non guardare, Lida!

Flavio: Come se dovesse sempre arrivare?

Elisabetta: No: come se non se ne fosse andato mai, e fosse qua ancora, com'era prima che partisse. Ci penserà lei, dice, a non farlo partire.

Breve pausa, e poi aggiungerà cupamente:

Perché i figli che partono, muojono per la madre. Non sono più quelli!

Nel bujo e nel silenzio d'incubo sopravvenuto, Donna Fiorina romperà in un pianto sommesso.

Flavio (*dopo che il pianto della madre avrà fatto per un momento sussultare quel silenzio di morte, dirà alieno, attribuendo quel pianto al dolore per la sorella*): Povera zia; ma guarda!

Lida: È come una follia?

Elisabetta: Ne parla così, che quasi lo fa vedere. Io mi guardo dietro, quando sono qua sola, come se debba vederlo uscire da questa camera e andare per quell'uscio in giardino o di qua alla finestra. Vivo in un tremore continuo. Mi fa badare alla sua stanza; rifare il letto; ecco - là - le coperte rimboccate: ogni sera così, e tutto preparato, come se dovesse andare a dormire.

Donna Fiorina (*piano, come una mendica, a Lida che le si sarà stretta accanto istintivamente, impaurita dalle parole d'Elisabetta*): Liduccia mia! Liduccia! Tu mi vuoi bene ancora?

Lida (*tutta intenta a Elisabetta, senza badare alla madre*): Seguita dunque a -

Elisabetta: - a farlo vivere!

Donna Fiorina (*non potendone più, come se il cuore le scoppiasse*): Flavio! Figli miei! Andiamocene, andiamocene, per carità!

Elisabetta: Aspetti, signora. Le faccio lume: è tutto al bujo ancora di là.

Donna Fiorina: Sì, grazie, Elisabetta. Andiamo, andiamo via!

Elisabetta uscirà prima, poi usciranno Donna Fiorina, Lida, Flavio.

La scena resterà vuota e buja; con quel solo riverbero spettrale che s'allungherà dall'uscio a destra.

Dopo una lunga pausa, senza il minimo rumore, la scranna accostata davanti alla tavola da scrivere si scosterà lentamente come se una mano invisibile la girasse. Dopo un'altra pausa, più breve, la lieve cortina davanti alla finestra si solleverà un poco da una parte, come scostata dalla stessa mano; e ricadrà.

Chi sa che cose avvengono, non viste da nessuno, nell'ombra delle stanze deserte dove qualcuno é morto.

Rientrerà, poco dopo, Elisabetta, e subito darà luce alla stanza. Istintivamente riaccosterà la scranna alla tavola, senza il minimo sospetto che qualcuno l'abbia smossa; poi, per sottrarsi alla vista degli oggetti della stanza, si recherà alla finestra; scosterà anche lei con la mano la lieve cortina; poi aprirà la vetrata e guarderà nel giardino.

Elisabetta (*dalla finestra*): Chi è là? -

Pausa.

Oh - Giovanni - sei tu?

Pausa.

Giovanni?

La voce di Giovanni (*dal giardino, allegra*) La vedi?

Elisabetta: No, che cosa?

La voce di Giovanni: Là, ancora tra gli olivi della collina.

Elisabetta: Ah, sì - la vedo. E tu stai lì a guardare la luna?

La voce di Giovanni: Voglio vedere se è vero quello che mi disse.

Elisabetta: Chi?

La voce di Giovanni: Chi! Chi ora non la vede più.

Elisabetta: Ah, lui?

La voce di Giovanni: Da costà; ove sei tu.

Elisabetta: Non mi far paura: ne ho tanta!

La voce di Giovanni: La sera dopo che arrivò.

Elisabetta: Ti disse della luna? E che ti disse?

La voce di Giovanni: Che più va su, e più si perde.

Elisabetta: La luna?

La voce di Giovanni: Tu guardi in terra - mi disse - e ne vedi il lume là sulla collina, qua sulle piante; ma se alzi il capo e guardi lei, più alta è, e più la vedi come lontana dalla nostra notte.

Elisabetta: Lontana? Perché?

La voce di Giovanni: Perché notte è qua per noi, ma la luna non la vede, perduta lassù nella sua luce, intendi? - A che pensava, eh? guardando la luna. Sento i sonaglioli della vettura.

Elisabetta: Corri, corri ad aprire il cancello.

Elisabetta richiuderà in fretta la finestra e si ritirerà per l'uscio in fondo.

Poco dopo, da quest'uscio, entreranno Lucia Maubel e Donn'Anna. Avranno avuto durante il tragitto dalla stazione alla villa le prime spiegazioni prevedute già nella prima scena da Donna Fiorina. La giovane ne sarà rimasta offesa, mortificata e turbatissima.

Donn'Anna (*ansiosa, introducendola*): Vieni, vieni. Sono le sue stanze. E se entri là, ne avrai la prova: li vedrai da per tutto, con gli ultimi fiori lasciati jeri davanti a tutti i tuoi ritratti.

Lucia (*amabile, ironicamente*): I fiori, e poi se n'è fuggito?

Donn'Anna: Torni a rimproverarlo? Se sapessi a che costo non è qua

Lucia: Vengo, e non si fa trovare. Lei dice che l'ha fatto per me?

Donn'Anna: - contro il suo cuore -

Lucia: - per prudenza? - e non le sembra che sia ben più che un rimprovero, un'offesa per me, tanta prudenza - un insulto -

Donn'Anna (*dolente*): - no - no -

Lucia: - oh Dio, così crudo, che si può pensare abbia voluto usarla per sé non per me - la prudenza.

Donn'Anna: No, per te! per te! -

Lucia: Ma io non sono morta! Io sono qua!

Donn'Anna: Morta? Che dici?

Lucia: Eh sì, mi scusi: se al mio arrivo se n'è fuggito e ha lasciato i fiori là davanti ai miei ritratti, che vuol dire? che vuol essere come per una morta il suo amore? - E io che ho lasciato là tutta l'altra mia vita, per correre qua a lui! - Oh! oh! è orribile, orribile quello che ha fatto!

> *Si nasconderà il volto tra le mani, fremendo di vergogna e di sdegno.*

Donn'Anna (*quasi tra sé, guardando nel vuoto*): Non l'avrebbe fatto... È certo che non l'avrebbe fatto...

Lucia (*si volterà di scatto a guardarla*): C'è dunque una ragione per cui l'ha fatto?

Donn'Anna (*quasi senza voce*): Sì.

> *E sorriderà squallidamente.*

Lucia: Che ragione? Mi dica!

Donn'Anna: Mi permetti di chiamarti Lucia?

Lucia: Mi chiami Lucia, sì. Anzi, gliene sono grata!

Donn'Anna: E di dirti che egli non intese offenderti se, dovendo partire -

Lucia: - Ma mi dica perché? la ragione!

Donn'Anna: Ecco: te la dirò - ma prima questo: che non intese offenderti, affidandoti a me **Lucia**: - no! ah, mi comprenda! - io... - io so che -

Donn'Anna: - che lui mi confidò sempre tutto - come vi siete amati -

Lucia (*infoscandosi*): Tutto?

Donn'Anna: Poteva confidarmelo, perché -

Lucia (*come colta da un brivido si nasconderà di nuovo la faccia e, spasimando, negherà col capo*).

Donn'Anna (*guardandola, allibita*): No?

Lucia (*più col gesto del capo che con la voce, la quale sarà pianto prossimo a prorompere*): No - no

Donn'Anna (*c.s.*): Come? - Allora...

Lucia (*prorompendo*): Mi perdoni! mi perdoni! Sia madre anche per me! - Io sono qua per questo!

Donn'Anna: Ma allora, egli -

Lucia: - partì di là per questo!

Donn'Anna: Ma lo forzasti tu a partire?

Lucia: Io, sì! Dopo! dopo! - All'ultimo, a tradimento, quest'amore, durato puro tant'anni, ci vinse!

Donn'Anna: Ah, per questo -

Lucia: Sconvolta, atterrita, lo spinsi a partire. - Non avrei più potuto guardare i miei bambini. - Ma fu inutile, inutile. - Non potei più guardarli. Mi son sentita morire.

La guarderà con occhi atroci.

Comprende perché? - Ne ho un altro!

E si nasconderà la faccia.

Donn'Anna: Suo?

Lucia: Sono qua per questo.

Donn'Anna: Suo? Suo?

Lucia: Egli ancora non lo sa! Bisogna che lo sappia! - Mi dica dov'è!

Donn'Anna: Oh figlia mia! figlia mia! - Egli vive allora in te veramente? Partendo, lasciò in te una vita - sua?

Lucia: Sì, sì - bisogna che lo sappia subito. Dov'è? Me lo dica! Dov'è?

Donn'Anna: E come faccio ora a dirtelo? Oh Dio! oh Dio! Come faccio ora a dirtelo?

Lucia: Perché? Non lo sa?

Donn'Anna: Partito -

Lucia: - non le disse dove andava?

Donn'Anna: Non me lo disse.

Lucia: Ha sospettato - lo vedo - che solo per...

troncherà con un'esclamazione di sdegno.

Ma non aveva ragione di sospettar questo di me! - Sono stata anch'io, sì; com'è stato lui; ma io lo spinsi poi a partire, e non sarei venuta, ora, per questo! - È che non posso più, ora, staccarmi da lui; tornare là - come sono - non posso - ne ho orrore!

Donn'Anna: Sì, Sì, è giusto!

Lucia: Non mi può dire proprio dov'è? Non lo sa davvero? Come gli si può far sapere?

Donn'Anna: Aspetta, aspetta: gli si farà sapere, sì -

Lucia: - e come? dove, se lei non sa dov'è? Non sarà mica partito per un lungo viaggio, senza dirglielo, senz'avvertirmene!

Donn'Anna: No, no - non sarà lontano - non può essere lontano...

Lucia: Temette che anche a lasciarlo detto a lei, dove andava... - Ma forse glielo consigliò anche lei di partire?

Donn'Anna: Io non sapevo -

Lucia (*si premerà una mano sugli occhi*): Divento così sospettosa! Oh com'è triste! - Lo so: avrei dovuto scriverglielo. Ma non volli disperdere in parole le forze che mi bisognavano tutte per la risoluzione già presa. - Gli è parsa una follia, una frenesia -

Donn'Anna (*per calmarla*): - ecco, ecco -

Lucia: - ed è fuggito per farmi trovare qua in lei la ragione che avevo perduta. - Capisco, capisco. -

Staccando:

Tornerà? le scriverà? farà sapere dov'è?

Donn'Anna: Sì sì, certo - calmati - siedi, siedi qua accanto a me - e lasciati chiamare figlia -

Lucia: - sì, sì -

Donn'Anna: - Lucia -

Lucia: - sì -

Donn'Anna: Figlia mia! -

Lucia: - sì, mamma! mamma! - Ora sento che è meglio così; ch'io abbia trovato lei qua, prima, e non lui -

Donn'Anna: - figlia mia bella - bella! - questi occhi - questa fronte - quest'odore dei tuoi capelli - comprendo, comprendo! - Ah, egli doveva - ma fin da prima, fin da prima doveva farti sua! Questa gioja me la doveva dare, d'avere in te un'altra mia figlia, così! - così!

Lucia: - senza tutto il male - oh Dio, il male che abbiamo fatto!

Donn'Anna: Ora non ci pensare! - Quelli che non ne hanno fatto, figlia, chi sa di quanto male sono stati cagione agli altri, a quelli che lo fanno, e che forse saranno i soli ad averne poi bene. Tu più di me.

Lucia: Ho tagliata in due la mia vita - io -

Donn'Anna: - ne hai una in te -

Lucia: - ma quegli altri, là? - Son dovuta fuggire qua, con questa, che ancora è nulla e che pure subito è diventata tutto - tutto l'amore precipitato d'un tratto così, diventato d'un tratto ciò che non doveva mai diventare!

Donn'Anna: La vita!

Lucia: Ah quello che ho patito, lei non lo sa, non lo potrà mai immaginare! Il letto, Dio mio, dove si riposa, diventato un orrore! - Certi patti con me stessa... - Sa, sa il bruciore di certi tagli? - Così! Là, a tenermi coi denti finché potevo, per impedirmi che il corpo finisse d'appartenermi e cedesse! E ogni qual volta scattavo da quell'orribile incubo dove per un attimo, cieca, era stata costretta a mancarmi - ah - liberata - potevo essere di lui, pura, per il martirio subito - senza rimorsi. - Non dovevamo cedere anche noi! Il patto poteva valere soltanto così. - Perché, anche quegli altri là - che crede? (lei è madre, e con lei posso parlare) -

Donn'Anna: - sì, parla, parla -

Lucia: - quegli altri là (è vero) non erano amore che si fosse fatto carne erano di quello, carne - ma l'amore che ci avevo messo io, l'amore che avevo dato io anche a quegli altri - io, io così col cuore pieno di lui - li aveva fatti, anche quelli, quasi di lui. L'amore è uno! - E ora... ora questo non è più possibile! - Di due io non posso essere. Piuttosto m'uccido.

Donn'Anna: Non solo per te, ma anche per non dare a quell'altro «questo» che è tuo solamente e di lui - non puoi -

Lucia: - è vero? è vero? -

Donn'Anna: Non devi!

E smarrendosi un poco:

Io lo domando a te -

Lucia: - l'ha detto lei! -

Donn'Anna: - sì - per sapere se hai pensato anche a questo! -

Lucia (*dopo una breve pausa, ripigliandosi e infoscandosi*): La violenza che ho fatto a me stessa per tanti anni - quei due bambini che mi sono nati ad onta di questa violenza -

Resterà improvvisamente in tronco.

Donn'Anna: Che vuoi dire?

31

Lucia: Nulla, nulla contro di loro! Ah, ma contro quell'uomo - è un così intimo e oscuro sentimento d'odio, che non lo so dire. - Sento che io sono stata madre due volte così, senza la mia minima partecipazione, per opera d'un estraneo a me - e badi, nella mia carne viva e con tutto lo strazio dell'anima - mentre lui - oh, lui non lo saprebbe nemmeno!

Donn'Anna: Ma lo sai tu!

Lucia: Sì, e allora per rispetto a me, non per rispetto a lui! Avrebbe reso da me un male assai minore di quello che mi ha fatto.

Donn'Anna: Non lo conosco: non posso giudicare.

Lucia: Solo perché moglie m'ha reso madre, per potersene poi andare spensierato con altre donne - tante! - cinico e sprezzante; solo attento agli affari; e poi, levato di lì, fatuo, frigido - guarda la vita per riderne, e le donne per prenderle, e gli uomini per ingannarli. - Ho potuto resistere a stare ancora con lui, solo perché avevo chi mi teneva su, chi mi dava aria da respirare fuori di quella bruttura. - Non dovevamo bruttarci anche noi! Le giuro, le giuro che non è stata una gioja - e la prova (è orribile dirlo, ma per me è così) - la prova è in questa mia nuova maternità.

Donn'Anna: No, Dio! che dici?

Lucia: Sono venuta qua, perché mi faccia lui, se può, sentire che non è vero! Avevo fatto di tutto là, tre anni, per non essere più madre. Lo credo, lo credo anch'io che dev'essere una gioja; e non voglio altro, le giuro che non voglio altro che questo: che veramente diventi ora per me questa gioja che non ho provata mai!

Donn'Anna: Ma devi averla tu nel cuore, figlia mia! Se non l'hai tu, chi te la può dare?

Lucia: Lui! Lui!

Donn'Anna: Sì, lui; ma per come tu hai nel cuore anche lui! Solo cosí. È sempre così. Non cercare nulla che non ti venga da te.

Lucia: Che vuole che mi venga da me in questo momento! Sono così smarrita - sospesa. - Questo tradimento di non farsi trovare... - Ho bisogno di lui, di vederlo, di parlargli, di sentine la voce! - Dov'è? dove sarà? come si farà a saperlo? - Finché non lo saprò, io non avrò requie! - Possibile che lei non supponga nemmeno dove se ne sia potuto andare?

Donn'Anna: Non lo so, figlia. - Ma bisogna che tu te la dia, ora, un po' di pace -

Lucia: - non posso! -

Donn'Anna: - tremi tutta - sarai così stanca! - Il lungo viaggio!

Lucia: Mi rombano le orecchie - la testa mi vaneggia -

Donn'Anna: - vedi, dunque?

Lucia: - tanta ansia, tanta ansia -

Donn'Anna: - bisogna che tu vada a riposare -

Lucia: - e poi non trovarlo! - Credo di aver la febbre. -

Donn'Anna: - hai bisogno di riposo. - Vedremo domani come si deve fare.

Lucia: Impazzirò stanotte!

Donn'Anna: No - guarda - t'insegnerò io a non impazzire - come si fa quando uno è lontano - come feci io tanto tempo, finché egli fu con te, là: - me lo sentii vicino, perché io col cuore me lo facevo vicino. - Altro che vicino! Lo avevo io nel cuore! - Fai così, e questa notte passerà. - Pensa che queste sono le sue stanze; e che egli è di là -

Lucia: Dorme di là?

Donn'Anna: Là, sì. - E che su questa tavola ti scrive -

Lucia: Cose cattive m'ha scritto!

Donn'Anna: E qua, vedi? su questa panca qua, fino a jeri, m'ha parlato tanto, tanto di te -

Lucia: - e poi se n'è partito -

Donn'Anna: - non sapeva! - Quante cose mi disse, perché io ti facessi intendere senza offenderti e senza farti soffrire il male di questo suo allontanamento per il tuo bene.

Lucia: Ma ora -

Donn'Anna: - ah ora - certo - cambia tutto - con te così!

Lucia: - e ritornerà!

Donn'Anna: - e ritornerà, stai tranquilla - ritornerà. Ma ora vieni, vieni su, con me. - Ti ho preparato su la stanza.

Lucia: Voglio vedere la sua.

Donn'Anna: Sì, sì, vieni - entra.

Lucia: E non mi vorrebbe lasciare qua?

Donn'Anna: Vuoi - qua da lui?

Lucia: Ora posso. - E pure con me.

Donn'Anna: Vedi, vedi che tu già lo senti? - Sì, se tu vuoi, dormi qua, figlia mia.

Lucia (*entrando*): Forse è meglio: «più vicino»!

Donn'Anna: - nel tuo cuore, sì! nel tuo cuore!

La seguirà.

La scena resterà per un momento vuota. Si sentiranno in confuso le due voci parlare di là, ma non tristi, anzi gaje; e Lucia fors'anche riderà, come per una sorpresa. Poi Donn'Anna verrà fuori, ma rivolta verso l'interno, a parlare con la giovine che l'accompagnerà fino alla soglia.

Lucia (*dalla soglia, lieta*): - sì, con questa bella luna!

Donn'Anna: Buona notte, cara. A domani. Chiudo l'uscio.

Lucia (*ritirandosi*): Buona notte.

Donn'Anna (*sola, richiuso l'uscio, resterà lì davanti come esausta per un istante; ma poi splenderà nel viso d'un ilare divino spasimo, e più con gli occhi che con le labbra dirà*): Vive!

Tela

ATTO TERZO

La stessa scena, la mattina dopo, nelle prime ore. Poco dopo levata la tela, apparirà sulla soglia dell'uscio in fondo Giovanni che darà passo alla signora Francesca Noretti arrivata or ora dalla stazione in un'ansia angosciosa e spaventata.

Giovanni: Entri, entri, signora.

Francesca: Ma possibile che dorma?

Giovanni: Sarà ancora stanca del viaggio. Sono appena le sette, del resto.

Francesca: E dove dorme? Non lo sapete?

Giovanni: Jeri Elisabetta le preparava la stanza al piano di sopra.

Francesca: Non potete condurmi da lei?

Giovanni: Io su non salgo, signora. Ma ho fatto avvertire Elisabetta. E la padrona è già levata. L'ho vista quando ha aperto la finestra all'alba.

Francesca: Ma possibile che ancora non lo sappia? - È arrivata jeri sera?

Giovanni: Sissignora, jersera. La padrona è andata a prenderla alla stazione.

Francesca: E voi l'avete vista arrivare? - Piangeva?

Giovanni: Nossignora: non m'è parso.

Francesca: Che non gliel'abbiano ancora detto? - Se può dormire...

Giovanni: Probabile, signora, perché - guardi queste piante: le ho portate io qua ieri... come se non fosse morto per la padrona. - Non s'è mica vestita di nero.

Francesca: E per questo non ne ha fatto sapere niente a nessuno? - È morto da undici giorni?

Giovanni: Come stamattina.

Francesca: E l'ho saputo ora alla stazione, arrivando - come ho domandato di lui - dove stava -

Giovanni: Ecco la padrona.

Entrerà di fretta Donn'Anna. E Giovanni uscirà.

Donn'Anna: Piano, piano per carità! - Lei è la mamma?

Francesca: Può immaginarsi in quale stato, signora! - Ho viaggiato come una disperata - Dov'è? dov'è? - Ancora non lo sa?

Donn'Anna: Piano, piano - non lo sa!

Francesca: Mi conduca da lei! La sveglierò io! glielo dirò io!

Donn'Anna: No, signora, per carità!

Francesca: Ma come? lei, - non avvertire nessuno, nemmeno me, della sciagura, per non farle commettere questa pazzia!

Donn'Anna: Non l'ha commessa per lui - no! - creda.

Francesca: Come non l'ha commessa per lui?

Donn'Anna: No, no. Le dirò

Francesca: Io voglio vederla subito!

Donn'Anna: Ma giacché sa, ormai, non abbia più timore, né tutta quest'ansia, signora.

Francesca: - come vuole che non l'abbia? io...

Donn'Anna: - si calmi - mi lasci dire. -

Francesca: - l'avrò finché non me la sarò riportata via! - Mi sono precipitata appena letto il biglietto che mi lasciò, là, per raccomandarmi i bambini. Ha due figli - lo sa lei? Ah Dio, come non sono morta, non lo so!

Donn'Anna: Piano - venga con me, la prego: - ella dorme di là!

Francesca: Ah, di là? Io vado subito.

Farà per lanciarsi verso l'uscio a destra.

Donn'Anna (*parandosi di fronte a lei*): No, signora! Lei non sa il male che le farebbe!

Dirà con tal tono questo ammonimento, che l'altra madre ne resterà, per un istante, sgomenta e come smarrita.

Francesca: Perché?

Donn'Anna (*subito, recisa*): Perché non sa quello che io so! Il caso è molto più grave di quanto lei s'immagina!

Francesca: Più grave?

La guarderà spaventata.

Donn'Anna: Sì! Me l'ha confessato lei stessa, arrivando!

Francesca: - Che - che con lui?

Donn'Anna: - Sì - e ch'egli non è così morto, come a lei pare -

Francesca (*balbettando, allibita*): - che vuol dire?

36

Donn'Anna: - se vive ora in lei, come l'amore d'un uomo può vivere, diventar vita in una donna - quando la fa madre - ha capito?

Francesca (*raccapricciando*): Suo figlio? - Oh Dio! e come? - ma dunque per questo?

Donn'Anna: È arrivata in tale stato di disperazione, che non m'è stato ancora possibile «*dirglielo*». Le ho detto che era partito - per lei, per prudenza - per non comprometterla - e già è bastato questo, perché si vedesse, si sentisse morta -

Francesca: - lei?

Donn'Anna: - lei, sì certo - nel cuore di lui! - Com'è possibile, le domando io ora, farglielo morire?

Francesca: Ma prima, prima ch'ella si compromettesse venendo qua, lei avrebbe dovuto annunziare a me che era morto!

Donn'Anna: Signora, ringrazi il cielo che non ho questo rimorso! Credevo d'averlo; di dovermelo fare; ma ho potuto vedere che fui invece ispirata da Dio nel mandare alla sua figliuola la lettera lasciata da lui, terminata da me.

Francesca (*inorridita*): Ma come, dopo? - dopo che era morto? -

Donn'Anna: Per lei non è «dopo»! - È stata una fortuna, le dico! Ispirazione di Dio! - Senza che ne sapessimo nulla né io né lei, nell'animo in cui si trovava là - se lui le fosse mancato - si sarebbe uccisa - creda!

Francesca: Ma lei, Dio mio, lei vuole tenere ancora la mia figliuola legata a un cadavere?

Donn'Anna: Che cadavere! La morte per lei è là, presso l'uomo a cui lei l'ha legata: quello, è un cadavere! - Io ho cominciato invece fin da jersera, mi sono provata fin da jersera a farle intendere -

Francesca: - che ha gli altri suoi figli - là -

Donn'Anna: - ma questo lo sa! Me n'ha parlato lei stessa con tanto strazio! Cose - m'ha detto - che fanno rabbrividire

Francesca: - dei figli?

Donn'Anna: - Sì: che se l'è fatti suoi, dopo - dopo che le erano nati - estranei! - Se li è potuti far suoi con l'amore di mio figlio, intende? Hanno avuto bisogno dell'amore di lui, anche quelli, perché diventassero vita per lei. - Eppure, ha visto? ha potuto lasciarli per venirsene qua.

Francesca: Ma se ora saprà che lui, qua, non c'è più -

Donn'Anna: E invece dev'esserci, se lei se la vuole riportare - là, al suo martirio - dev'esserci! E lei deve farle intendere, come mi sono provata io, in qual modo egli dev'essere vivo per lei d'ora in poi - solo nel cuore - senza cercarlo più fuori - con la vita che lei gli darà. - Questo. - Ma prima prometterle che lo vedrà... - Ha capito?

Francesca (*sbalordita*): Che lo vedrà?

Donn'Anna: Non qua! - «Qua» le diremo «lui non ritornerà, se non saprà che tu sei partita. Lo vedrai tra poco; perché egli ritornerà a te, là.» - Ecco, le dica così e forse riuscirà a riportarsela. - Pensi che è lì che lo aspetta - ha voluto dormire nel suo letto - forse lo sogna - appena si sveglierà, lo penserà vivo e che starà per ritornare.

Francesca (*che sarà stata a mirarla, atterrita, col ribrezzo più vivo, che a poco a poco si sarà sciolto in un'infinita pietà*): Oh Dio, signora, ma questa... questa è una follia...

Si aprirà a questo punto l'uscio a destra e apparirà Lucia, la quale, scorgendo la madre in quell'atteggiamento, dopo la prima sorpresa si turberà, guardando l'altra madre e intuendo in un baleno la sciagura.

Lucia: Oh, mamma, tu? (*Farà per accorrere a lei, ma si fermerà, guardando prima l'una e poi l'altra*): Che cos'è?

Francesca (*tremando, senza alcuna ansia, con tono che ajuterà la figlia a intendere*): Figlia mia... figlia mia...

Lucia (*c.s.*) Ma com'è? - Che dicevate?

Donn'Anna (*per riparare*): Niente. Vedi? è venuta - è venuta a cercare di te -

Lucia: Non è vero! Com'è che tu, mamma, non mi dici nulla? - Che cos è?...

Gridando:

Ditemelo!

Francesca (*accorrendo a lei per abbracciarla*): Figlia mia!

Lucia: È morto? è morto?

Respingendo l'abbraccio della madre, per volgersi a Donn'Anna.

No! - Morto? - E come? lei - No! Non è possibile! Oh Dio,

con le mani tra i capelli:

il sogno che ho fatto!

Smarrendosi e guardandosi attorno:

Morto? - Ditemelo! Ditemelo!

Francesca: Sono già tanti giorni, figlia -

Lucia: Tanti giorni?

A Donn'Anna:

- che è morto? - E lei - come? - perché non me l'ha detto? Com'è morto? come? - Ah Dio là dove ho dormito? E mi ha fatto dormire là?

Donn'Anna è interita, come un'immagine sepolcrale.

L'ho voluto io; ma lei... - come? - «I fiori» - «è partito» - «queste sono le sue stanze» - «non so dov'è» - E io l'ho sognato, che non poteva più ritornare, tanto lontano se n'era andato; - lo vedevo, così lontano, con un viso da morto - il suo viso! il suo viso! - Ah Dio! ah Dio! -

E romperà in pianto, perdutamente.

Per non farmi più pensare che se non l'avevo trovato qua ad aspettarmi, come doveva - eh sì, questo soltanto doveva essere accaduto, che fosse morto! E non l'ho compreso, perché lei -

si rizzerà dal pianto, lo stupore vincendo ora il dolore:

- ma come ha fatto? com'ha potuto fare? - per me? - ed egli è morto anche a lei - è incredibile! - me n'ha parlato come se fosse vivo!

Donn'Anna (*guardando lontano*): Lo vedo -

Lucia (*stordita*): - che è morto? - e non le è morto qua sotto gli occhi?

Donn'Anna: - no: ora -

Lucia: - come, ora? -

Donn'Anna: - ora lo vedo morire.

Lucia: Come? Che dice?

Donn'Anna si coprirà il volto con le mani. E allora ella griderà:

Io lo sapevo, lo sapevo che sarebbe morto! Non avevo voluto crederci! Me lo disse lui stesso, quando partì, che sarebbe venuto qua a morire!

Donn'Anna (*scoprendo il volto*): E io non lo vidi.

Lucia: Lo vidi io! Moriva, moriva, da anni; gli s'erano spenti gli occhi; era già come morto quando partì! Così pallido lo vidi, così pallido, così misero lo vidi, che lo compresi subito che sarebbe morto!

Donn'Anna: Misero, sì - gli occhi spenti, sì - e diventato così - cangiato, cangiato così - ora lo vedo - per te, sì, figlia!

Attirandola a sé, come per uno spaventoso brivido, che di schianto la spettrerà:

Oh figlia! - qua su la tua carne - ora sì - me lo vedo morire - ne sento il freddo ora qua, qua al caldo di queste tue lagrime! - Tu me lo fai vedere, come s'era ridotto ora! Non lo vedevo! Non avevo potuto piangerlo, perché non lo vedevo! - Ora lo vedo! ora lo vedo!

Lucia (*che si sarà a poco a poco sciolta da lei, e rattratta, come raccapricciata, presso la madre*): Oh Dio, che dice? che dice?

Donn'Anna (*sola*): Figlio mio! - le tue carni! - te ne sei andato così - misero, misero! E io... io t'imbalsamavo - vivo! - vivo t'imbalsamavo - come non eri più, come non potevi più essere - con quei tuoi capelli e quegli occhi che avevi perduti, che non ti potevano più ridere! E perché non ti potevano più ridere, non te li ho riconosciuti! - E come, allora? Fuori della tua vita ti volevo far vivere? fuori della vita che t'aveva consumato - povera, povera carne mia che non ho vista più! che non vedrò più! - Dove sei?

Si volgerà a cercare intorno:

- dove sei?

Lucia (*accorrendo*): Qua, mamma!

Donn'Anna (*restando un attimo*) - Tu?

Poi con un grido:

- Ah, sì!

L'abbraccerà freneticamente:

- Non te lo portar via! Non te n'andare! non te n'andare!

Lucia: No, non me n'andrò! non me n'andrò, mamma! non me n'andrò!

Francesca: Come non te n'andrai? Che dici? Tu te ne verrai via, subito, con me!

Donn'Anna: No! Me la lasci, signora! è mia! è mia! me la lasci! me la lasci!

Francesca: Ma lei è pazza, signora!

Donn'Anna: Pensi che è troppo, è troppo quello che m'ha fatto!

E subito, carezzevole a Lucia:

- No, no - sai? - non te ne fo colpa! - Sono la tua madre!

Francesca: Ma vuole che lasci me per lei? E i suoi figli?

A Lucia:

- Hai i tuoi bambini! Li vuoi abbandonare, per restare qua con nessuno?

Donn'Anna (*insorgendo*): Ma ne avrà un altro qua, che non potrà dare là a chi non appartiene!

Francesca (*violenta*): Signora, ma si fa coscienza lei di quello che dice?

Lucia: E tu, di quello che io farei? ti fai coscienza?

Donn'Anna (*subito abbattendosi*): No, no: tua madre ha ragione, figlia! Ha capito che io lo dico per me - per me - non per quello! - Divento misera, misera anch'io! - Ma è perché muojo anch'io, ora, vedi? - Sì, appena ti nascerà questo che ti porti via lontano; appena gliela darai tu, di nuovo, la vita - là fuori di te! - Vedi? Vedi? Sarai tu la madre allora; non più io! Non tornerà più nessuno a me qua! è finita! Lo riavrai tu, là, mio figlio - piccolo com'era - mio - con quei suoi capelli d'oro e quegli occhi ridenti - com'era - sarà tuo; non più mio! Tu, tu la madre, non più io! E io ora, muojo, muojo veramente qua. Oh Dio! oh Dio!

E piangerà, piangerà come non avrà mai pianto, tra l'accorato sbigottimento dell'altra madre e della figlia. A poco a poco si ripiglierà dal pianto, ma diventando man mano quasi opaca, quasi spenta infine:

Ma sì... ma sì... - Basta, basta. Se è per me, no! no! non voglio piangere! Basta!

Lunghissima pausa. Poi alzandosi, verrà a Lucia e carezzandola:

Vai, vai, figlia, - vai nella tua vita - a consumare anche te povera carne macerata anche tu. - La morte è ben questa. - E ormai basta. Non ci pensiamo più. - Ecco; pensiamo - pensiamo, qua, ora, a tua madre piuttosto - che sarà stanca.

Francesca: No, no - io voglio subito, subito ripartire!

Donn'Anna: Eh, subito non potrà, signora. Si deve aspettare. Passa tardi di qua il treno di Pisa. Avrà, avrà tutto il tempo di riposarsi. - E tu, figliuola mia -

Lucia: No, no - io non partirò - non partirò - rimarrò qua con lei, io!

Francesca: Tu partirai! Te lo dice lei stessa!

Donn'Anna: Qua non c'è più nulla per te.

Francesca: E i tuoi bambini t'aspettano! E bisogna far presto!

Lucia: Ma là, io non torno! non torno, sai! - Non è più possibile per me! Non posso! Non posso e non voglio! Come vuoi che faccia più, ormai?

Donn'Anna: E io, qua? - È ben questa la morte, figlia - Cose da fare, si voglia o non si voglia - e cose da dire... - Ora, un orario da consultare - poi, la vettura per la stazione - viaggiare... - Siamo i poveri morti affaccendati. - Martoriarsi - consolarsi - quietarsi. - È ben questa la morte.

Tela